COLLECTION THYSSEN

TABLEAUX ANCIENS

DE

MAITRES

M^r. CHARLES PILLET, Commissaire-Priseur

M. FEBVRE, Expert.

MAULDE & RENOU
IMPRIMEURS DE LA COMPAGNIE
DES COMMISSAIRES-PRISEURS,
Rue de Tivoli, 114

CATALOGUE

DE

TABLEAUX ORIGINAUX

DE MAITRES

DES ÉCOLES FLAMANDE ET HOLLANDAISE

COMPOSANT LE CABINET

de M. THYSSEN, d'Amsterdam

DONT LA VENTE AURA LIEU

HOTEL DES COMMISSAIRES-PRISEURS

RUE DROUOT, 5

Grande Salle n. 1

Le Samedi 20 Décembre 1856

à deux heures très-précises.

Par le ministère de Mᵉ **CHARLES PILLET**, Commissaire-Priseur,
Successeur de M. **BONNEFONS DE LAVIALLE**,
rue de Choiseul, 11,

Assisté de M. **FEBVRE**, Expert, rue de Choiseul, 13,

chez lesquels se distribue ce catalogue.

EXPOSITION PUBLIQUE
Le Vendredi 19 Décembre 1856, de midi à cinq heures.

PARIS

MAULDE & RENOU

IMPRIMEURS DE LA COMPAGNIE DES COMMISSAIRES-PRISEURS
Rue de Rivoli, 144.

—

1856

CONDITIONS DE LA VENTE

Elle sera faite au comptant.

Les acquéreurs payeront en sus des adjudications, CINQ pour 100, applicables aux frais.

LE CATALOGUE SE DISTRIBUE :

A **Paris**......	Chez MM. PILLET, commiss.-priseur, rue de Choiseul, 11
	A. FEBVRE, Expert, rue de Choiseul, 13.
Lille.......	TENCÉ.
Londres...	FARRER, Wardour-street.
Bruxelles.	HENIS et LEROY, Experts du Musée.
	SLAS, longue rue Neuve.
Berlin....	LEPKE.
Amsterdam.	BRONGHEEST, Heeren Graght, 30.
	DEVRIES JUNIOR, princess Graght.
La Haye...	ENTHOVEN.
Rotterdam.	LAMME, artiste peintre.
Cologne...	BOURGEOIS, marchand de tableaux.

ABRÉVIATIONS.

T.	—	Toile.
C.	—	Cuivre.
B.	—	Bois.
H.	—	Hauteur.
L.	—	Largeur.

DÉSIGNATION

DES

TABLEAUX

BAKHUYZEN (Ludolphe).

1 — Marine, bras de mer agité par une brise lé-
  gére. Un brick toutes voiles déployées et
  d'autres embarcations cinglent sur divers
  points; le soleil perce les nuages et projette
  sur les eaux des rayons lumineux.

T. h. 31, l. 37.

BERGEN (Drick van).

2 — Paysage accidenté où paissent et se reposent des animaux; un pâtre est assis près d'un abri rustique formé d'arbres coupés et couvert en chaume.

B. h. 25, l. 31.

BERGHEM (Nicolas).

3 — Paysage au site montagneux au centre duquel est un ruisseau que passent à gué des paysannes et un jeune pâtre conduisant des bestiaux.

Collection Van der Villigen.

B. h. 45, l. 58.

BERGHEM (Nicolas).

4 — Pâturage avec bestiaux au repos : un paysan
appuyé sur une vache cause avec une
jeune femme; à droite, une villageoise est
occupée à traire une chèvre.

Collection Van der Villigen.

B. h. 45, l. 58.

BERKEYDEN (Gérard).

5 — Vue de la place de l'Hôtel-de-Ville et de
l'église Neuve, à Amsterdam. Un carosse
attelé, des marchands, des gens de dis-
tinction, des magistrats et des gens du
peuple animent cette production remar-
quable.

Ancien Cabinet Devries.

T. h. 53, l. 64.

BERKEYDEN (Gérard).

6 — Vue intérieur de la ville et d'une des places
d'Amsterdam. Même genre de composition
que le précédent.

T. h. 57, l. 48.

BESCHEY.

7 — Le Mariage de la Vierge.

B. h. 39, l. 18

BOL (FERDINAND).

8 — Portrait de l'amiral Ruyter. Il est représenté couvert d'un riche costume sur lequel brille le collier de l'ordre de saint Michel; son regard énergique et son front largement développé donnent l'idée de sa haute intelligence. De sa main droite il tient son bâton de commandement; ses cheveux tombent en boucles sur son hausse-col d'acier bruni. Au-dessus de sa tête une draperie rouge, relevée vers la droite, laisse apercevoir une rade couverte de bâtiments à l'ancre.

T. h. 1-10, l. 90.

CUYP (ALBERT).

9 — Paysage. Belle campagne italienne éclairée par un brillant soleil. Au centre est une route sur laquelle est un jeune muletier conduisant deux ânes précédés d'un chien; sur l'un des ânes est une femme tenant un enfant. A droite, des voyageurs se reposent à l'ombre de grands arbres aux troncs blanchâtres, dont les cimes élevées silhouettent sur le ciel leur feuillage transparent. Une campagne boisée s'étend vers l'horison que bornent de vaporeuses collines.

Collection du Baron Nagel Van Amsen.
T. h. 1-07, l. 77.

DECKER (Conrad).

10 — Paysage ; au centre est une rivière sur laquelle un villageois, dans un bateau, aborde une habitation placée à droite de la composition; dans le fond chaumières entourées d'arbres.

B. h. 33, l. 42.

GOYEN (van).

11 — Paysage avec rivière, un chariot chargé de personnage traverse un pont conduisant à un village.

B. h. 27, l. 44.

GRIFFIER.

12 — Le Rhin chargé d'embarcations serpente entre
des montagnes. Sur celle qui occupe la
droite s'élèvent le clocher d'un village et
la tour d'un vieux castel. Un port occupe
le premier plan, un grand nombre de per-
sonnages circulent autour de plusieurs ten-
tes servant de cabaret.

B. h. 47, l. 60.

DU MÊME.

13 — Paysage offrant à gauche une montagne près
de laquelle est une hôtellerie à terrasse
découverte ; à droite, entre des coteaux
coule une rivière chargée d'embarcations ;
des marchands, des marins et des villageois
animent cette charmante production, à laquelle on peut donner le nom de miniature
à l'huile.

Peint sur plaque d'argent.
B. h. 84, l. 80.

GRIFFIER.

14 — Charmant paysage représentant une vue des bords du Rhin. Même genre de composition que les précédent.

B. h. 13, l. 20.

HAKKERT (Jean) et LINGELBACK.

15 — Paysage, site italien. A gauche est l'entrée d'un bois avec tertres sablonneux couronnés d'arbres ; à droite d'autres arbres élancent vers le ciel leurs rameaux touffus. Sur une route qui occupe le centre est une paysanne montée sur un âne, un enfant et des villageois se reposent à l'ombre. Sous le bois cheminent d'autres paysannes et un chasseur ; dans le fond collines se perdant à l'horizon.

T. h. 108, l. 83.

HOOGHE (Pierre de).

16 — Intérieur hollandais. Le premier plan est oc-
cupé par une chambre qui est entièrement
dans l'ombre, et dont la porte ouverte et les
chassis vitrés laissent voir une autre pièce
où pénètrent les rayons du soleil, une
jeune femme assise travaille près d'une
croisée donnant sur un canal; les rayons
lumineux frappent sur une partie des dalles
et sur un mur auquel sont appendus des
tableaux encadrés.

H. h. 26, l. 23.

HUYSUM (Jean van).

17 — Vase contenant des fleurs posé sur une table
de marbre. La reine des fleurs brille au
centre de ce bouquet parfumé dont les tiges
légères se dressent avec élégance et for-
ment le groupe le plus gracieux; ces fleurs
d'espèces diverses, aux couleurs brillantes,
aux tons variés, se détachent sur un fond
clair qui projette leurs ombres légères.

T. h. 76, l. 60.

KESSEL (van).

18 — Des singes, sous des habits de soldats amènent
à leur chef un chat vagabond qui viennent
d'arrêter.

C. h. 23. l. 30.

KLOMP (Albert).

19 — Taureau debout dans une prairie où paissent
plusieurs moutons. On aperçoit dans le
fond les édifices élevés d'une ville hollandaise.

B. h. 37, l. 33.

KOBELL (Jean).

20 — Près d'une ferme entourée d'arbres est un
pâturage fermé par une barrière et ceint
d'un ruisseau ; au centre, une villageoise
trait une vache, deux autres vaches s'a-
breuvent à une auge.

B. h. 25, l. 35.

DU MÊME.

21 — Pâturage, même genre de composition que le
précédent.

B. h. 23, l. 27.

LAQUY.

22 — Chambre basse dans laquelle est une jeune
ménagère occupée à filer ; près d'elle est
une bonne tenant un enfant ; ce dernier
sourit à son jeune frère qui joue avec un
oiseau.

Des meubles et des accessoires ornent la
pièce ; dans le fond, une porte entr'ouverte
donne sur un jardin.

B. h. 47, l. 53.

MAAS (Nicolas).

23 — Portrait d'un savant ; la partie droite de son
visage est vivement éclairée par le soleil,
un large feutre couvre sa tête, ses cheveux
retombent sur son col ; de sa main droite il
tient un livre, son bras est appuyé sur le
dossier d'un fauteuil.

B. h. 72, l. 56.

NEER (VANDER LE JEUNE).

24 — Moutons au repos dans un paysage accidenté.

T. h. 27, l. 34.

MIERIS (FRANÇOIS d'après).

**25 — Intérieur hollandais dans lequel est une jeune
femme endormie ; près d'une porte, une
vieille servante cause avec un cavalier.**

C. h. 30, l. 23.

MOUCHERON (Frédéric).

28 — Une riche fontaine occupe le centre d'une cour d'honneur ; des valets tiennent en bride des chevaux richement harnachés; un groupe de dames et de cavaliers descendent les degrés d'un large perron qui conduit à une terrasse ornée de statues; dans le fond est un rideau de peupliers formant avenue.

B. h. 27, l. 32.

NEER (Adrien vander)

27 — Paysage. L'artiste nous offre ici un de ces effets mystérieux que lui seul a compris et qui le laissent jusqu'à présent sans imitateur; la lune apparaît au milieu de nuages argentés et dessine avec vigueur la silhouette d'une église et des arbres touffus qui occupent la gauche de la composition; au centre coule une rivière bordant un champ où l'on aperçoit des habitations entourées d'arbres. Sur le premier plan, des animaux se reposent dans un pâturage fermé par une barrière.

Du Cabinet du Baron Van Rynsberg.

B. h. 67, l. 1-00.

NEER (Adrien Vander).

28 — Paysage, soleil couchant. Canal hollandais baignant, à droite, l'entrée d'un village où sont amarrées plusieurs embarcations; le soleil disparaît à l'horizon derrière des habitations aux ombres vigoureuses. Sur des langues de terre entourées d'eau sont des villageois amenant leurs bestiaux à l'abreuvoir.

T. h. 45, l. 55.

NETSCHER (Gaspard).

29 — Chambre dans laquelle est une jeune et jolie femme à coiffure bouclée; elle est vêtue d'une robe de satin blanc entourée d'une draperie blanche ; sa main droite est posée sur une table couverte d'un riche tapis, de l'autre elle donne un morceau de sucre à un perroquet.

B. h. 40, l. 34.

NETSCHER (Gaspard).

30 — Dans un riche appartement, et vêtue d'un costume du XVIIe siècle, la reine d'Egypte, le sein nu, tient l'aspic qui doit lui donner la mort ; derrière elle est sa suivante en proie à une vive douleur ; à droite une table couverte d'un tapis est chargée de beaux fruits.

T   57   47.

OSTADE (Adrien).

31 — Homme taillant une plume.

B. h. 19   16.

REMBRANDT (Paul van Ryn).

32 — Portrait d'un vieillard. Sa tête est chauve, une calotte noire laisse apercevoir quelques rares cheveux, sa barbe est blanche, ses yeux brillants, son visage grave et réfléchi, tout annonce en lui une organisation supérieure et un esprit profond.

Le talent de Rembrandt se révèle ici dans tout son éclat; la nature est prise sur le fait, l'illusion est complète; cet homme que vous regardez vous voit, il respire, il remue. il va vous parler.

Cabinet du Baron Van Bynsberg.

T. h. 69, l. 61.

DU MÊME

33 — Portrait de femme. Elle est représentée presque de face, portant un bonnet couvert d'un voile noir; ses mains sont appuyées sur une balustrade; une colerette à larges tuyaux retombe sur ses épaules couvertes d'une pélerine de fourrure.

T. h. 70, l. 54.

RUBENS (Pierre-Paul).

34 — Portrait d'homme. Il est vu de trois quarts, la tête haute, le regard fier; ses cheveux sont courts et gris, il a des moustaches et une mouche, et porte un vêtement noir et une colerette à larges plis.

B. h. 62, h. 53.

RUYSCH (Rachel).

35 — Belles fleurs dans un vase. C'est, à notre avis, une des meilleures productions de cette artiste; la conservation de cette œuvre est si parfaite qu'elle paraît sortir de l'atelier du maître.

T. h. 62, l. 50.

SCHALCKEN (Godefroy).

30 — Effet de lumière. Vieille femme lisant à la
lueur d'une lumière accrohée à la muraille.

B. h. 35, l. 28.

STEEN (Jean).

37 — Intérieur de village flamand offrant, à gauche,
une auberge à la porte de laquelle sont
attablés des buveurs; deux d'entre eux,
succombant à l'ivresse, sont étendus sur le
premier plan, leurs femmes cherchent vai-
nement à les relever. Près de là, deux villageois dansent aux sons du violon; à
droite, un payan conduit une brouette chargée d'un porc; dans le fond, campagne conduisant à un autre village.

B. h. 40, l. 50

STEEN (JEAN).

38 — Chambre basse de l'aspect le plus pittoresque,
occupée par de pauvres villageois, les uns
attablés ou se chauffant, les autres s'occu-
pant de travaux domestiques; un vieillard,
en quittant le logis donne la main à un vi-
siteur auquel un jeune homme présente un
rafraîchissement. Des accessoires de tous
genres complètent cette composition, qui
ne compte pas moins de treize figures.

B. h. 38, l. 38.

STRY (VAN).

39 — Campagne hollandaise éclairée par les derniers
rayons du soleil; à droite, pâturage où se
reposent des animaux; à gauche, une rivière; sur la berge un jeune pâtre pêche à
la ligne.

T. h. 76, l. 89.

SLINGELANT (Pierre van).

40 — Portrait de Guillaume-le-Taciturne. Cet homme
illustre est debout dans son cabinet de tra-
vail, il prend de sa main gauche un feutre
placé sur une table couverte d'un riche tapis
d'Orient; sur cette table sont posés une sphère
céleste, une carte et des instruments de ma-
thématiques; au fond, et vers la gauche,
une draperie relevée laisse apercevoir une
rade chargée de bâtiments au pavillon hollandais, et, plus près, une chaloupe aux
armes d'Angleterre abordant le quai.

T. h. 67 l. 53.

TÉNIERS fils (David).

41 — Au centre d'une grotte sont deux anachorètes;
l'un d'eux tient un livre ouvert, l'autre l'é-
coute avec attention; par une ouverture donnant sur la campagne, la lumière se répand
dans cet humble asile.

B. h. 40, l. 31.

TYS.

42 — La Madeleine repentante, retirée dans une grotte.

B. h. 65, l. 50.

WOUVERMANS (PIERRE).

43 — Halte de cavaliers. A droite, une hôtellerie ; à la porte une dame à cheval accompagnée d'un cavalier.

Composition rappelant celles de Philippe Wouvermans.

B. h. 22, l. 28.

ZEEMAN.

44 — Marine et plage. Cette délicieuse composition, digne du pinceau de Van der Velde, représente une rade chargée de navires ; les uns démâtés, d'autres au radoub ou faisant sécher leurs voiles ; un navire de haut bord et d'autres embarcations gagnent le large ; plusieurs chaloupes se dirigent vers la terre ; sur le rivage causent ou se promènent des bourgeois et des marins.

T. h. 44, l. 55.

FETI (Dominique).

45 — Femme allaitant son enfant.

T. h. 92, l. 77.

MAULDE et RENOU, imprimeurs de la Compagnie des commissaires-Priseurs, rue de Rivoli, 144.   10974